不過，玉米又乾又硬，這樣啃，牙齒可是會啃到斷掉。
喀哩
伊豬豬——
嗚——本大爺好丟臉好！接下來一定要讓你們受苦。

先告訴你們，在故事結尾，原本瘦巴巴的佐羅力三人將會有驚人變化。

他們將會一個個胖成這個樣子。為什麼會有如此驚人的變化呢？請好好閱讀這個故事，用你的雙眼來找出答案吧。

本書作者　原裕

吃吧吃吧！怪傑佐羅力成為大胃王

文·圖　原裕　譯　周姚萍

對於肚子已經餓扁的佐羅力三人來說，
能夠撿到又乾又硬的玉米，
還是比什麼都沒得吃
來得好。
就算只能舔著舔著，
他們的心情
也已經好多了。
就在這樣的時刻，

不知道
從哪兒飄過來
一陣聞起來
好幸福的味道，
讓他們全都
情不自禁的
被吸引過去……

原來是一間賣鰻魚飯的
小吃店。
佐羅力他們三人
站在那兒，
一邊嗅著香氣，
一邊做著大吃鰻魚飯的
美夢。

然而，前來用餐的客人，
看到三個口水像瀑布一樣流個不停的人
擋在店門口，感覺很不好，
全都掉頭走了。
鰻魚飯小店的老闆氣得受不了，
衝到佐羅力他們面前，

你們三個妨礙我做生意，要是不快點走開，我就要叫警察了。
對他們大聲抗議。
什麼呀——不管是嗅香味，或是做美夢，都是我們的自由啊。
沒錯！你竟然說要剝奪善良人民的美夢和自由。
喂！
鰻丼
亭丼鰻

這三個餓得可憐的人，
希望藉由這樣的指控，
至少能得到一碗鰻魚飯。
在一旁看著這場騷動的眼鏡男，
大聲叫了出來：

眼鏡男的同夥立刻
抱住佐羅力三人。

我們一定要堅決對抗有權有勢的人。
啊！
總算找到他們三個了！快把他們帶走！

他們全被送進一輛四輪卡車的後車廂。
咦？老闆已經叫警察來啦？
嗄？
這是警車嗎？那放在這裡的這些鰻魚飯，又是怎麼一回事啊？
伊豬豬，你不知道嗎？警察在審問案件時，會用很卑劣的手段，像是給嫌疑犯吃這個，好讓他們滔滔不絕的說出自己做過的所有壞事。

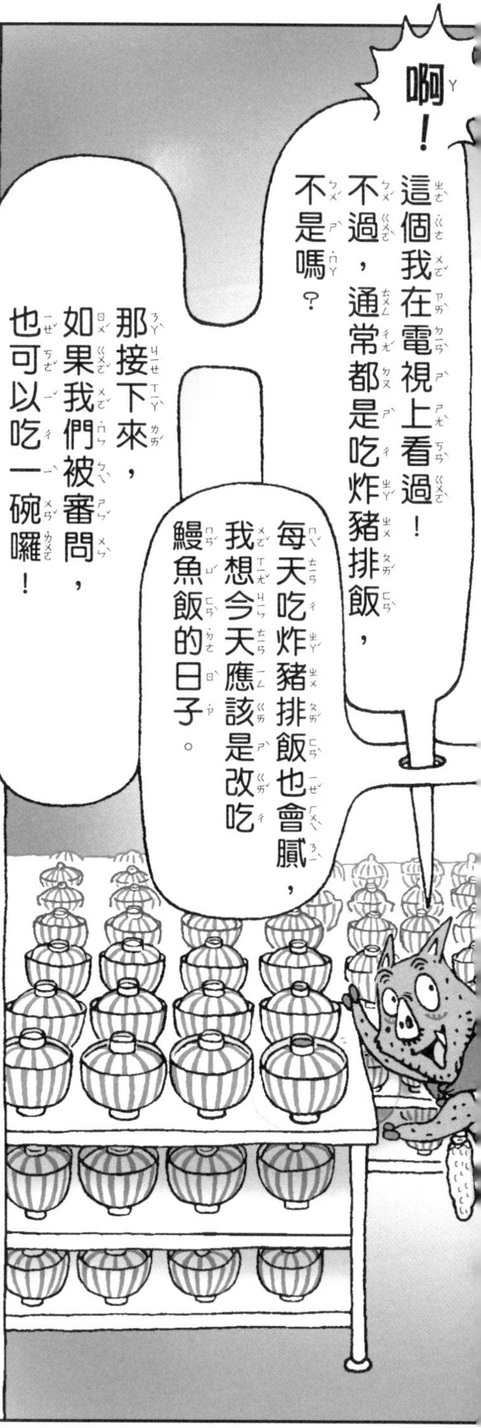
啊！
這個我在電視上看過！不過，通常都是吃炸豬排飯，不是嗎？
那接下來，如果我們被審問，也可以吃一碗囉！
每天吃炸豬排飯也會膩，我想今天應該是改吃鰻魚飯的日子。

這些談話，讓佐羅力三人感覺心花怒放。

而且，載著他們的車子一抵達目的地——

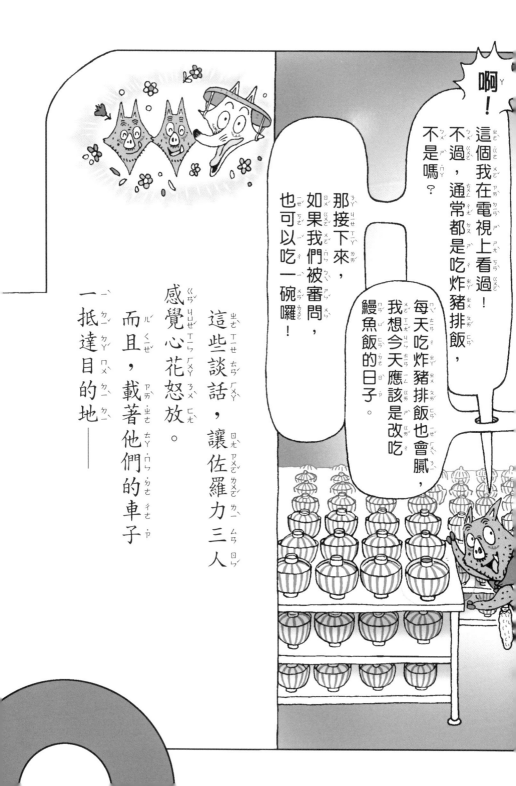

佐羅力他們各自拿了一碗鰻魚飯。
「不好意思，請問可以吃一碗鰻魚飯嗎？」
他們根本一心一意想接受審問。
「請用、請用，別說吃一碗啦，
就是吃到肚子撐，也沒問題。」
由於旁邊的工作人員這麼說，
伊豬豬開心大叫：
「哇——佐羅力大師，現在審問嫌疑犯，
竟然可以吃到飽耶。」

佐羅力在伊豬豬耳邊，小心叮嚀：

「不管吃了多少好東西，接受審問時，記得什麼都別多說。」

接著，他們三個就毫不客氣的開始大吃特吃鰻魚飯。

這時，突然響起一個聲音：

看來果真就是你們呀！
這種吃東西的氣勢實在驚人，
能再見到各位，真是太開心了呀！

在鰻魚飯小店見過的眼鏡男現身了。

「我一直在找你們。唉呀呀，沒時間了，請先跟我來。」

佐羅力他們三人在什麼都搞不清楚的狀況下，被帶進一個房間裡，開始化妝。

「喂、喂，你們這是幹什麼？」

佐羅力用力推開那雙幫他化妝的手。

「是這樣的。接下來，我想請你們

參加『大胃王電視冠軍』這個電視節目，好好發揮你們最擅長的大胃王天分……」

「什麼呀！是有人說過我們很貪吃，可是，我們沒當過什麼大胃王啊。」

佐羅力一提出不同的說法，眼鏡男就回答道：

「不會吧！我可是親眼目睹、印象深刻呢。那顆……

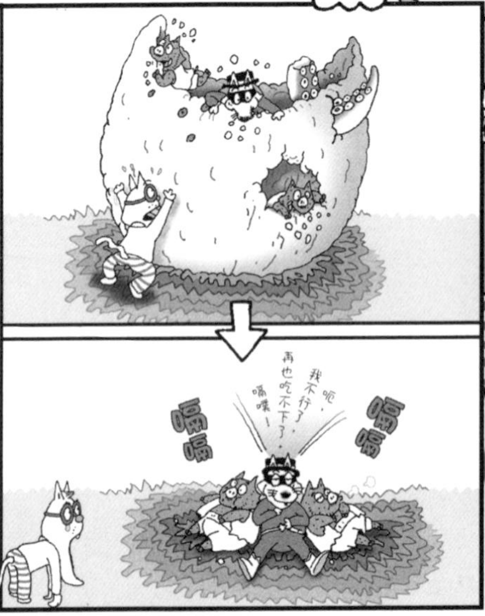

想知道詳情的人，請把《怪傑佐羅力之地獄旅行》找出來讀一讀吧。

超大的章魚燒，你們三人不但飛快吃光光，
最後還若無其事的走掉了。
我確定就是你們三個沒錯。」
對啦，在《怪傑佐羅力之地獄旅行》
故事中，
他們三人剛從地獄回來時，
的確做過這樣的事。
原來當時其中一位目擊者，
正是電視臺的節目導播。

「為了讓全國觀眾都能欣賞到你們那堪稱完美的超大食量，我一直苦苦的尋找你們。」

節目導播請求他們上節目比賽。

不過，佐羅力正遭受通緝，一上電視，警察就會知道他的行蹤了。

「這沒得商量。」

佐羅力聽了猛搖頭。

然而……

節目導播在他們面前下跪拜託：

老實說，我負責的節目《大胃王電視冠軍》，
已經不那麼受觀眾喜愛了。
這次，收視率要是再下降的話，
節目就會被停掉，我也會沒工作。
於是，我想起你們三位大口狂吃、
深深感動我的那一幕，
心中冒出由三人組成一隊參加比賽的新企劃。
號召各隊來爭奪冠軍，
再加上你們三位充滿爆發力的大食量，
超級大胃王的閃亮新星就此誕生！
請絕對要幫助我提升收視率，
懇請三位！拜託三位！

導播腦袋碰地的請求著。

儘管如此，佐羅力還是果斷拒絕了。

「我們正在旅行，
有不得不去做的急事。
說起來好像很無情啦，
不過，我們三人還得趕路，
抱歉啦。」

他毫不猶豫的站起來。

然而，

就在這時，門開了，
門後探出一張狐狸女孩的可愛臉龐。

嗨♡各位吃鰻魚飯的樣子真是太帥了。
請加入比賽吧，讓我們一起炒熱《大胃王電視冠軍》這個節目。
我在攝影棚等你們唷。

休息

她說完朝佐羅力眨眨眼睛，隨後就走了。
佐羅力突然迷上了那個女孩，問道：
「剛剛走掉的那位女孩，也會參加這個節目嗎？」
「會的。她是辣妹狐妞，他們這一隊最有希望得到冠軍。」

節目導播一回答，

「啊，本大爺突然想到
這趟旅程其實也沒有那麼趕。
要我們參加這個節目，
也不是不可以啦——」

佐羅力重新坐回椅子上。

「可是，佐羅力大師，
要是電視一播出的話……」

伊豬豬擔心的提起佐羅力被通緝這件事，
佐羅力悄悄的面向鏡子……

喀一擦

他拿起放在手邊的剪刀，製作出這樣的面具。

在這個節目中，我們是謎樣的面具人「走羅力隊」！而你們是伊豬豬、魯豬豬。怎麼樣，經過變身的話，就沒人會發現了吧。

親眼目睹這一切的節目導播，真是開心極了：「太好了！我有預感這一次的收視率絕對會大幅飆升。來吧，各位！首先，第一關是『以一根烏龍麵決勝負』。
我們快點進攝影棚吧。」
「啥？不是大胃王嗎？
只用一根烏龍麵來決勝負，
這說得過去嗎？
好，本大爺就讓可愛的狐妞
瞧瞧我充滿魅力的吃相。」
走羅力拉著伊豬煮和魯豬煮，
進了攝影棚。

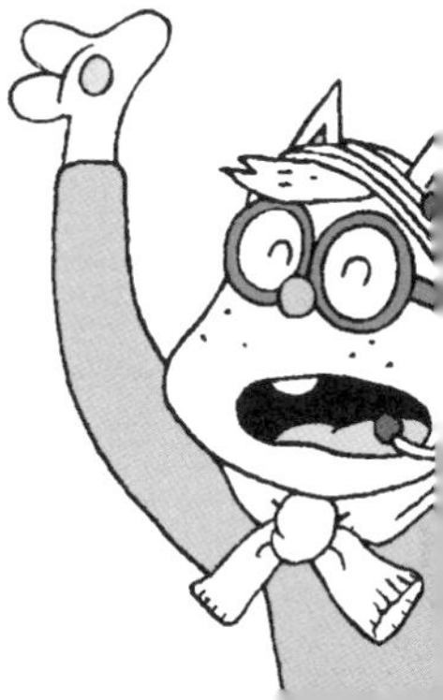

拜託，請各位幫幫忙

○各位讀者，從現在開始，
請別讓我們三個的本尊被發現。
我們的名字將改成：

佐羅力 → 走羅力
伊豬豬 → 伊豬煮
魯豬豬 → 魯豬煮

這個祕密
請千萬千萬不要洩漏出去，
請大家務必幫忙。

走羅力隊的對手
就是這些厲害角色！
①攝影棚裡已經準備好一根烏龍麵……
好大！
②而且，他們即將面對的四個隊伍，每一個選手都具備大胃王的超強戰力。
謎樣面具男
走羅力隊
伊豬煮
魯豬煮
走羅力
主持人
高壯相撲力士
味噌醬油隊
好吃
壽司米
米麻糬
太郎
巨無霸
白豬
米香
味噌醬油

第一回合，由三個人組成隊伍，
合力吃掉這根粗大的烏龍麵，
看哪一隊的速度最快？
速度最慢的隊伍
將會被淘汰出局。
來唷來唷！
「大胃王電視冠軍」的比賽，
即將開始啦！

真不愧是通過嚴格考驗選出來的隊伍。不管哪一隊，都輕輕鬆鬆、飛快的吃起圓型巨木般的烏龍麵。
真可惜啊，味噌醬油隊請退場！
呼——
我們這一隊才第二名嗎？
走羅力大師，表現太好了。
慢慢吃的話，再多我也都吃得下。
高壯相撲力士「味噌醬油隊」吃不快，落到最後一名，而且也沒吃完，因此失去比賽資格。

① 辣妹狐妞隊 4分44秒
② 走羅力隊 5分22秒
③ 胖子牛塚隊 5分38秒
④ 阿藤犀牛隊 6分42秒
⑤ 味噌醬油隊 喪失比賽資格
簡簡單單輕鬆獲勝！
結果是這樣啊——
感謝大家替我們加油！

即使這些都是大食量高手，走羅力隊的貪吃功力，可一點也不遜色。

他們完美的獲得第二名。

不過，對走羅力來說，他卻一點也不滿意這個結果。

這是我的烏龍麵碗浴缸——

「本大爺明明想耍帥給狐妞瞧瞧，
偏偏讓辣妹狐妞隊得到第一。
真是完全失去繼續比下去的動力啊。」
節目導播看到走羅力一副不太想繼續再戰的模樣，
心想比賽才剛剛開始，
如果走羅力隊現在退出的話，
那可就麻煩啦。
於是他連忙飛奔到走羅力面前，說：
「現在才正要開始比出輸贏，接下來是

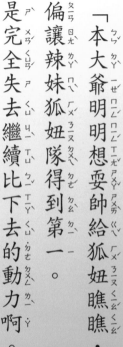

『一口吞下羊羹大對決』，
請讓大家看看你的厲害。」
聽到這番激勵的話，
有所反應的人是魯豬煮。
「是甜食！
我有另一個裝甜食的胃啊。
一口吞掉羊羹，
我一個人出馬就夠啦。」
魯豬煮說完立刻飛奔而去。

在前面等著他的，是一個特大號羊羹。

「請將這個一口吃下去。」

魯豬煮聽了節目導播的說明後，

整張臉都變綠了。

「你們覺得把這個一口吞進嘴裡，真的不會出問題嗎？」

「喂，魯豬煮，這是大胃王電視冠軍比賽。

剛剛的烏龍麵都能粗成那樣了，

你只要動動腦，

就不會問這種問題啦。」

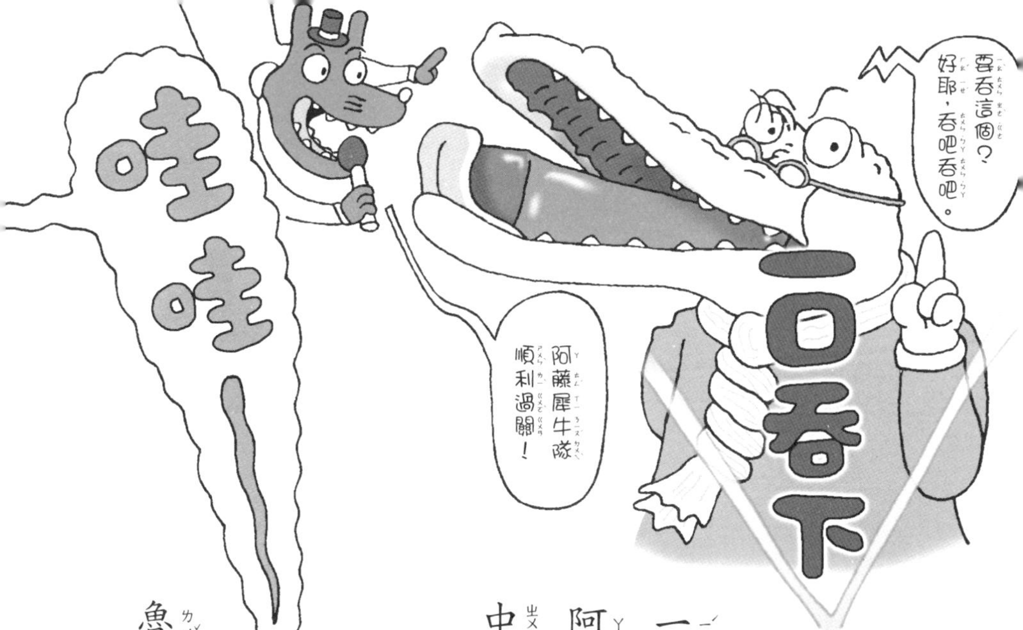

就在走羅力一臉呆楞、
面無表情說著的同時，
一個特大號羊羹已經消失在
阿藤犀牛隊的隊員——
中尾鱷的大嘴巴裡。
攝影棚裡，響起如雷的掌聲。
「如果我有那麼大的嘴巴，
我也能一口吞掉啊。」
魯豬煮發著牢騷，

他們轉頭一看，有著可愛臉龐的辣妹狐妞，也已經一口將羊羹塞進嘴裡。

辣妹狐妞聽到魯豬煮在那裡碎碎抱怨，便想將大胃王競賽中嚴酷的那一面，展現給他瞧瞧。

「為了獲得勝利，居然願意讓那麼可愛的臉變形成那副樣子，這種態度真是太棒了！」

連主持人都興奮起來。

走羅力死盯著魯豬煮看。

「原來，嘴巴大小不是問題，只要想吞，就吞得進去。」

他一說完，立刻

抓住魯豬煮的上下唇，用力掰開，然後將整塊羊羹一口氣塞進他的嘴裡。

最後一席的合格者確定，胖子牛塚隊被淘汰了。

「如果只是吃羊羹，不管幾塊我都有辦法『消滅』。

但是，對於嘴巴小的我們來說，要一口塞進嘴裡，幾乎辦不到啊。」

「哼，雖然我們拚了命，想要得到那塊板子上面列出來的優勝獎品……」

胖子牛塚隊很懊惱的踢了板子，走回休息室。

「有優勝獎品嗎？」

走羅力走近那塊板子，抬頭往上看。

優勝者獎品
琳瑯滿目的美味食物3人份
整整5年份一次送上大滿足！
美味杯麵多
麵多多
大滿足咖哩
多層漢堡
吃不完
薯條
吃到飽
雞米花
一口接一口
白飯
堆得小山高
超大盤炒麵
麵包
各式各樣
吃不完
全部帶走
肉包
紅豆包
隨你挑
百蛋
百糕
種
想追加就追加
數不盡的
煎餃
飯糰
一個接一個
美式熱狗
這裡也有
章魚燒
多到爆
義大利麵
無限續盤
濃湯
無限暢飲
熱呼呼的
超美味炸蝦
讓你吃到不想吃
吃完一片再一片
披薩
巧克力
再來一塊
冰淇淋
任你吃
吃到身體
變成冰棒
爲止
烤
布
芋片
想吃
挑戰
哇塞！

這五年份的獎品如果能全部到手，他們就可以跟舔乾癟玉米的悲慘歲月說再見了。

「好——我們一定要贏得『大胃王電視冠軍』，拿到這些獎品！」

走羅力隊的三位選手面對著面，用力握拳點點頭，說：

「來吧，接下來，要比賽吃什麼呢？」

突然間，他們全都切換成了「躍躍欲試」的模式。

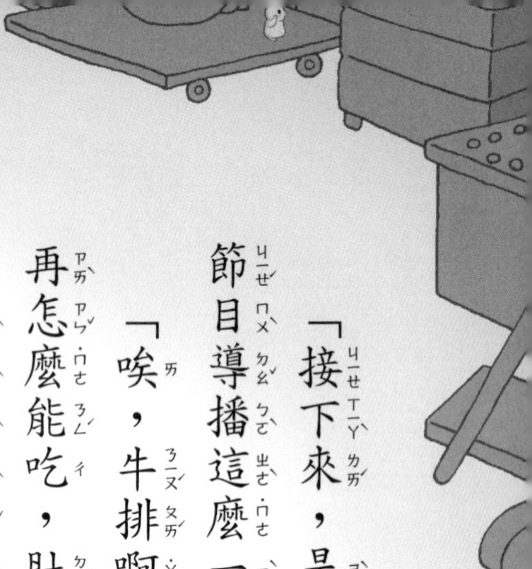

「接下來，是松阪牛排大對決。」

節目導播這麼一說，走羅力嘆了一口氣，

「唉，牛排啊，這個考驗有點難度呀。」

再怎麼能吃，肚量也是有限的。

繼續這樣與大胃王隊伍正面對決，

他們不會有勝算的。

有沒有什麼好方法，

可以幫助他們獲勝、晉級呢？

走羅力環顧攝影棚。

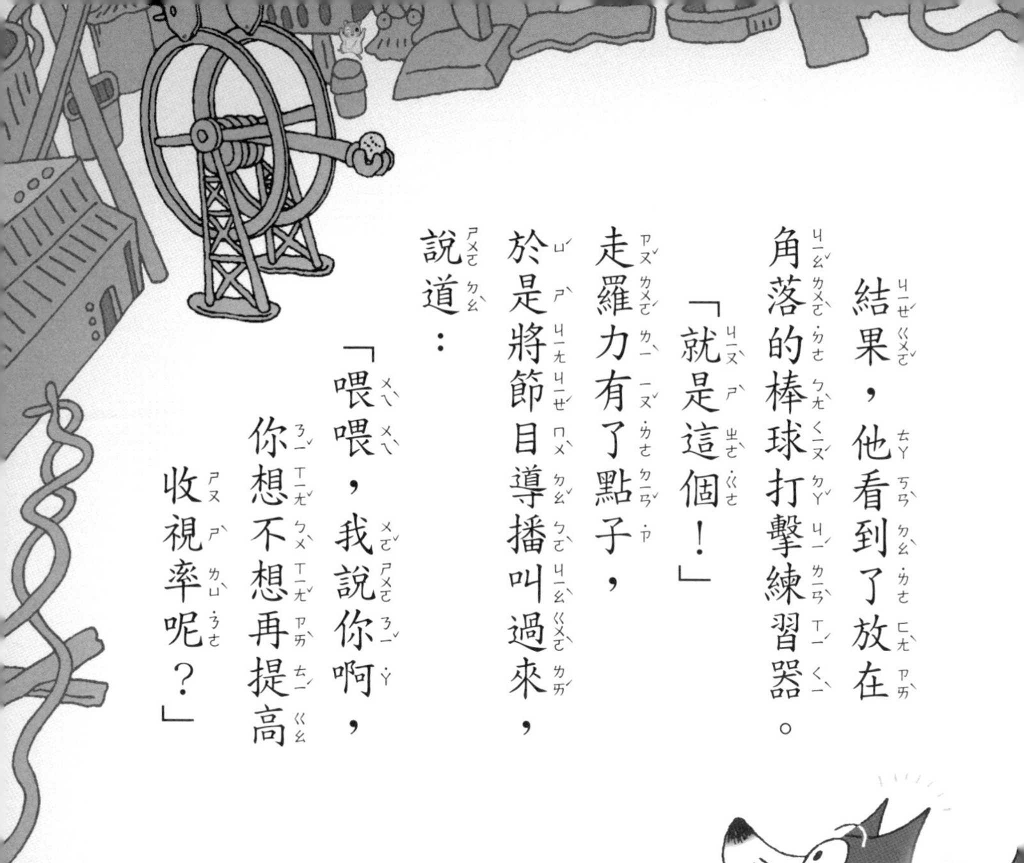

結果，他看到了放在角落的棒球打擊練習器。

「就是這個！」

走羅力有了點子，於是將節目導播叫過來，說道：

「喂喂，我說你啊，你想不想再提高收視率呢？」

「這是當然的囉，你有什麼好辦法呢？」

節目導播一聽整個人都好奇的往走羅力湊了過去。

「我認為，同樣是吃牛排，如果能安排一場表演秀，讓觀眾看得樂一樂，感覺會更好呵。你看，我想出了這個點子。」

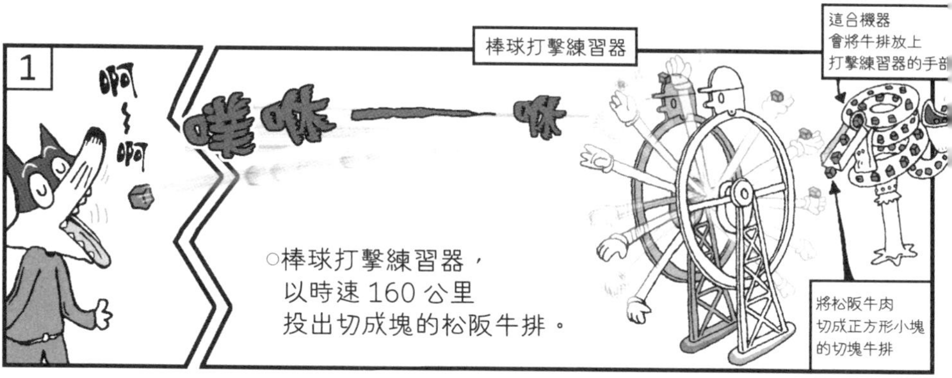
1
棒球打擊練習器
這台機器
會將牛排放上
打擊練習器的手部
啊～啊
噗咻——咻
○棒球打擊練習器，
以時速 160 公里
投出切成塊的松阪牛排。
將松阪牛肉
切成正方形小塊
的切塊牛排

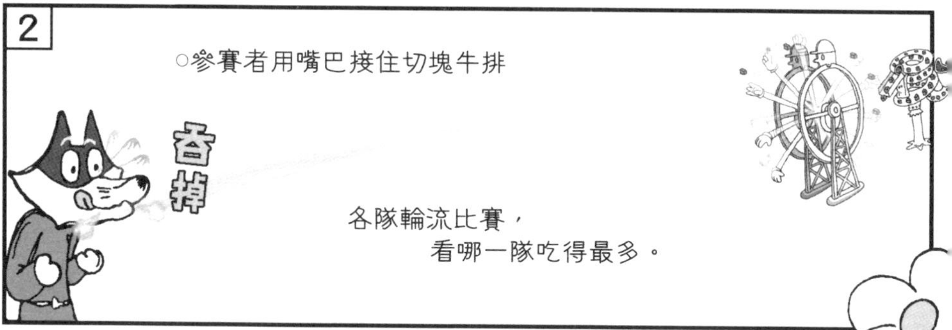
2
○參賽者用嘴巴接住切塊牛排
吞掉
各隊輪流比賽，
看哪一隊吃得最多。

怎麼樣呢？結合現在最具人氣的棒球大聯盟，這樣的大胃王比賽，收視率一定會上升百分之五的啦。

由於走羅力表現出一副信心滿滿的模樣，節目導播不由得深受感染，立刻興致盎然的開始著手準備。

然而，

走羅力他們……

走羅力大師，用嘴巴去接以一百六十公里速度飛過來的切塊牛排，應該會傷得很慘吧。
不行，我絕對接不住的啦。
喂，喂，你們兩個之前不是曾經接過妖怪大聯盟選手的球嗎？
對吼。
是這樣沒錯。
在《怪傑佐羅力之妖怪大聯盟》當中，魯豬豬曾經技巧很高超的將他的屁噴向妖怪大聯盟選手海布．斯魯斯所投出的
噗
鏘
時速高達三百公里的屁剛速球，趁著球的威力減弱時，完美的打擊出去。
想知道故事詳情的人，請記得回去翻閱《怪傑佐羅力之妖怪大聯盟》。

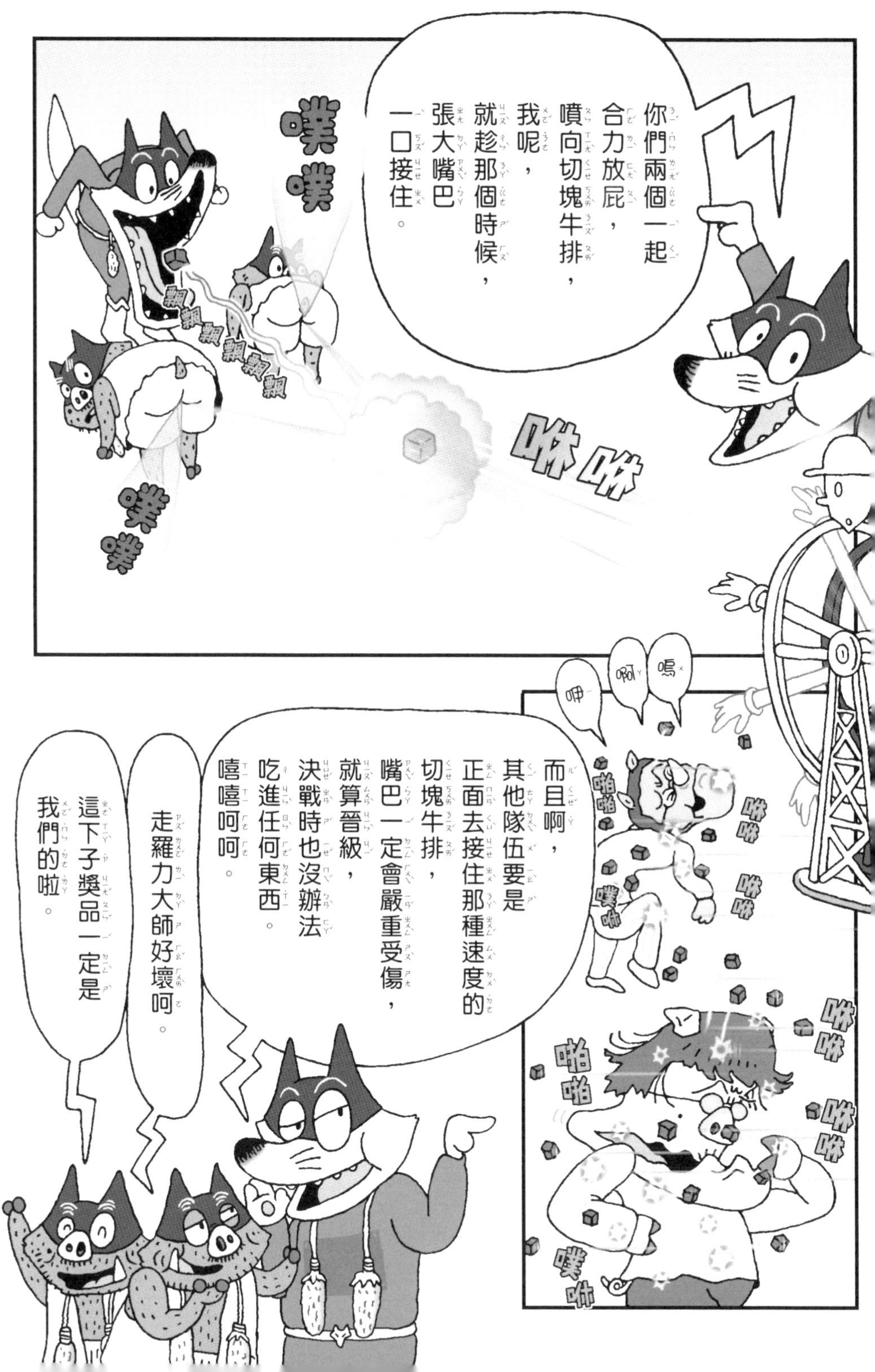

你們兩個一起合力放屁，噴向切塊牛排，我呢，就趁那個時候，張大嘴巴一口接住。
噗噗
飄飄飄飄飄飄
咻咻
噗噗
嗚
啊
呷
啪啪
咻咻
噗咻
咻咻
啪啪
咻咻
咻咻
噗咻
而且啊，其他隊伍要是正面去接住那種速度的切塊牛排，嘴巴一定會嚴重受傷，就算晉級，決戰時也沒辦法吃進任何東西。嘻嘻呵呵。
走羅力大師好壞呵。
這下子獎品一定是我們的啦。

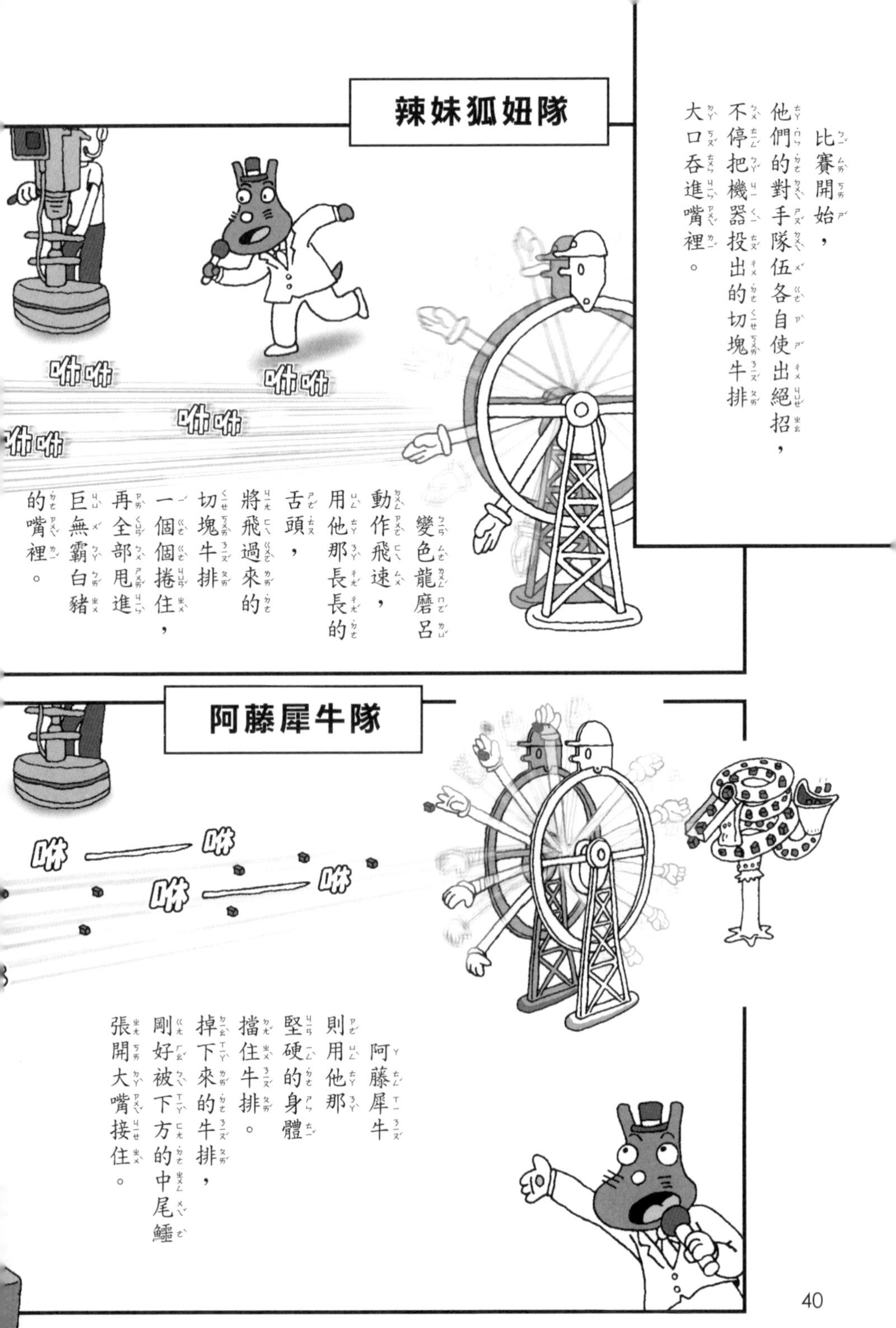
比賽開始，
他們的對手隊伍各自使出絕招，
不停把機器投出的切塊牛排
大口吞進嘴裡。
辣妹狐妞隊
咻咻
咻咻
咻咻
咻咻
變色龍磨呂
動作飛速，
用他那長長的
舌頭，
將飛過來的
切塊牛排
一個個捲住，
再全部甩進
巨無霸白豬
的嘴裡。
阿藤犀牛隊
咻——咻
咻——咻
阿藤犀牛
則用他那
堅硬的身體
擋住牛排。
掉下來的牛排，
剛好被下方的中尾鱷
張開大嘴接住。

那麼，原本自信滿滿看待這場比賽的走羅力隊，
輪到他們上場時，結果又是如何呢？

高速飛過來的切塊牛排
被伊豬煮、魯豬煮強烈的臭屁
一噴，
全都變得臭烘烘，
根本難以下嚥。
走羅力也被臭屁
燻昏了，
一口牛排都吃不進去，
結果失去了比賽資格。

之後，這些切塊牛排
全部仔細清洗乾淨，
重新烤過，
工作人員都吃得
津津有味呢。

虛幻的美夢
就此遠去，
他們三人只能沮喪的
垂下肩膀，
慢慢走回
休息室去。

在此向為走羅力隊加油的「大胃王電視冠軍」觀眾致歉

☆儘管故事才進行到中段，
但很遺憾的，
走羅力隊居然
在這個時刻
敗下陣來。
對於期盼他們
絕對要贏得勝利
的各位觀眾，
真是深感抱歉，
只不過，
比賽有時候
也得靠運氣啊。
由於已經不需要
繼續寫下去了，
我想，
大家可以將後面的
空白頁面，
當成筆記本來使用。

休息室裡，胖子牛塚隊正收拾好東西準備回家。

「你們也輸了啊，真可惜。」

胖子牛塚對走羅力他們說。

「唉，我們還以為這麼做獎品一定會到手呢。」

走羅力非常非常不甘心。

「我聽說最後一戰要以

『青椒炒肉絲大對決』來比賽輸贏，到底哪一隊會獲勝呢？」爆炸頭鈴木這麼說的時候，

你們到底做了什麼好事！

節目導播的狂吼聲，傳進大家耳裡。

哇，太好了，提早結束，去旅行吧。

對不起啦——

原來，在最後一關

「青椒炒肉絲大對決」的比賽中，

阿藤犀牛隊因為害怕吃青椒，

偷偷把青椒裝進塑膠袋，拿得遠遠的。

由於阿藤犀牛隊犯規，

導致比賽半途停止。

辣妹狐妞隊因此獲得冠軍，

不過，辣妹狐妞無法接受自己的隊伍

是因為僥倖而獲勝。

我才不接受這種冠軍腰帶呢。
大胃王要動亂啦——

天啊，重要的決賽現在毀了。
這樣下去，抗議的電話會響個不停，
節目也一定會被停掉的，
嗚哇哇哇——

節目導播抱著腦袋大傷腦筋，這時，走羅力露出胸有成竹的笑容說：

說放棄還太早呵，還有兩個隊伍留在這裡沒走。不如我們來個「敗部復活戰」，怎麼樣呢？而且是絕對能夠提升收視率的「咖哩大對決」呵。

這也是我們的機會呢。
等等，走羅力在說什麼呀？

節目導播已經被逼得無路可走，走羅力的提議聽起來簡直像夢一般美妙，偏偏時間實在是太趕了。

「這麼急，我們一時間沒辦法準備出那麼多的咖哩啊。」

他的聲音，聽起來可憐兮兮。

走羅力馬上回答：

「不用擔心，敗部復活的比賽就從製作咖哩開始，看，規則很簡單。」

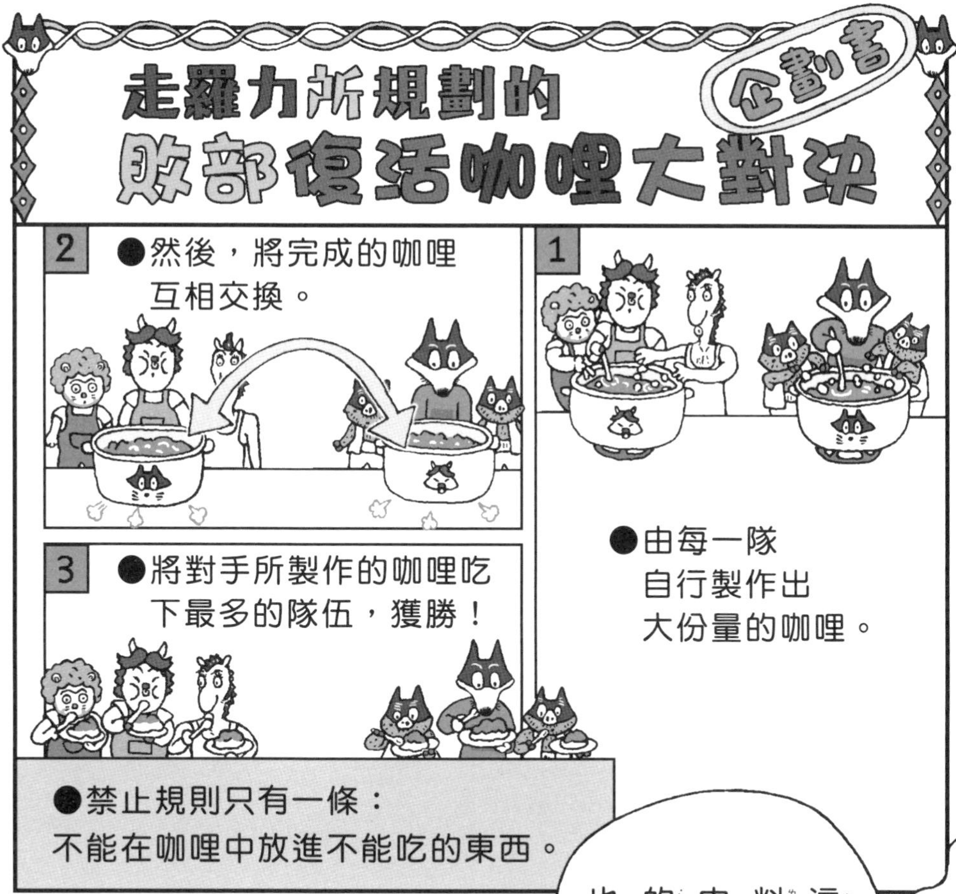
走羅力所規劃的
企劃書
敗部復活咖哩大對決
1
●由每一隊自行製作出大份量的咖哩。
2
●然後，將完成的咖哩互相交換。
3
●將對手所製作的咖哩吃下最多的隊伍，獲勝！
●禁止規則只有一條：
不能在咖哩中放進不能吃的東西。

這一次，我們將結合料理節目與大胃王比賽。由於不知道雙方會做出什麼樣的咖哩給對手「享用」，也是一次心機大對決。

「太酷了！」

節目導播立刻請工作人員準備好製作咖哩的各種材料。

來呀來呀，快來看，
走羅力隊與胖子牛塚隊的敗部復活賽，
終於開始了。

首先，是製作咖哩的步驟。
其中只有一條規定：
「不能在咖哩中放進不能吃的東西。」
只要遵守這條規則，
要做出哪種咖哩，
是各隊的自由。
然而，這是要給

對手吃的咖哩。
所以，沒有哪一隊
想要煮出
美味的咖哩。
現在，兩隊都已經
將準備好的材料，
放進鍋內，
開始熬煮咖哩。
而且，說到咖哩……

嘻嘻呵呵。本大爺可是有祕密食譜的唷。

當然要以辣度來決勝負。

走羅力將全部能使咖哩變辣的香辛料，毫不手軟的往鍋內咚咚咚咚全部丟進去。

伊豬豬為了試味道才舔了一口，嘴巴就噴出火來。

這一道遠遠超越了「好吃」或「難吃」，完完全全只剩下辣味的咖哩，終於完成了！

看來，兩隊已經全都準備好了。

☆胖子牛塚隊的咖哩辣度，
應該也不會輸給我們。
因此，走羅力他們還想出了
比賽吃咖哩時的萬全準備。

① 耐辣防護準備

辣度不是味道，而是一種強烈的刺激感！
因為太辣，會使舌頭感到很疼痛，
所以製作了這樣的保護套。

蒟蒻
昆布
把蒟蒻挖空做成舌頭的形狀，再套在舌頭上。
將昆布繩拉緊後，就能防止咖哩的辣度刺激舌頭。
拉緊

② 胃部防護準備

咕嚕
咕嚕
咕嚕

為了不讓辣到
像火燒般的咖哩
灼傷胃部，
先往胃裡灌飽
冰開水，應該就能
消火了吧。

真厲害，既能消化，又能消火，了不起！

兩隊互換咖哩鍋後，
比賽就開始啦。
看看胖子牛塚隊，
他們一派輕鬆的吃了起來，
而且吃得津津有味。
這是因為胖子牛塚隊的三名選手，
都超級愛吃辣。
特別是愛喫春馬，
他曾經吃下辣度高達兩百倍的激辣拉麵，

贏得了激辣冠軍。

這麼一來，似乎在選擇以咖哩飯來決勝負的那一刻，輸贏就已經很清楚了。

當胖子牛塚隊輕輕鬆鬆吃完第十盤咖哩飯時，走羅力隊大概都已經死心了吧，因為他們才吃完第五盤。

這時，

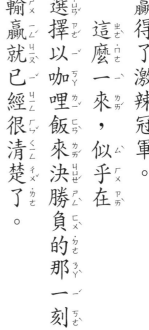

啵砰 啪砰
啪乓
啵乓
突然，胖子牛塚隊三位隊員的肚子裡，連續發出一陣陣劇烈的聲響。

眼看著他們的肚子漸漸膨脹變大。
隨著這個變化，

三個人的食慾，
……
……
……
好像一下子消失了。
已、已經再也吃不下了……
嗚呼呼
我的肚子好像快要撐破了。
最後，胖子牛塚隊只好放棄比賽。

胖子牛塚隊
他們到底發生了什麼事？

☆對於至今還弄不清楚
為什麼走羅力隊能夠獲勝，
導致現在心情很差的
各位讀者們：
以下，就請走羅力親自來
為大家解開這個謎題。

這時，因為對手棄權，走羅力隊加緊速度吃完第十一盤咖哩飯，打破胖子牛塚隊的紀錄，順利拿到決賽的門票。

什麼嘛，這麼簡單還要問？本大爺將撿來的玉米上頭那些乾癟的玉米粒，全——部放進煮好的咖哩中。

那鍋咖哩就是讓伊豬煮吃了噴出火來的咖哩唷。

乾癟玉米粒與咖哩一起被吃進肚子裡。
由於玉米粒吸收咖哩驚人的辣度所產生的熱，爆開變成爆米花。
啪乓
啵碰
碰啪
碰碰
啵碰
碰啪
膨脹數倍的爆米花，瞬間將胖子牛塚隊選手的肚子撐大，整個膨脹起來。
因為玉米粒是可以吃的東西，所以走羅力不算犯規。
嗚呼
由於時間已經到了，在這裡，很遺憾必須與各位在家中客廳觀賞電視的觀眾們道別了，大家再見囉。
唔？那決賽怎麼辦呢？

別擔心！走羅力大師，因為收視率上升，贊助廠商說，讓我們下個星期一定要製作一個三小時的決賽特別節目。
呼！那真的太好了。
其實，走羅力他們的肚子也已經吃得很撐，再也吃不下任何東西。這麼一來，他們就可以在下星期前清空肚子，那麼贏得冠軍，便不是夢了。
我們辣妹狐妞隊也可以重新在平等的條件下，光明正大的比賽，真是太好了。

對了！有沒有什麼「大胃王大對決」的點子，適合三小時的特別節目呢？
節目導播已經變得對走羅力非常依賴。
這個嘛，聽說拉麵很能提高收視率呵。將貴寶地從北到南的各種拉麵一一吃光光，像這種大胃王結合馬拉松的比賽，你覺得如何呢？
走羅力信口開河隨口一說——
拉麵馬拉松！

「喔。那不如來一場『42・195』拉麵吃光光大決戰，您覺得怎麼樣呢？」節目導播興奮的說道。

「畢竟是大胃王電視冠軍爭奪戰嘛，可以啦，像那樣的份量應該沒問題。」走羅力看著狐妞說。

「要比賽吃拉麵嗎？好哇，沒問題。」

她說完，還對走羅力眨了眨眼。

「好，就這麼決定了。如果是馬拉松比賽的話，就算是三個小時的特別節目，也能好好的炒個火熱，衝高收視率。這真是大胃王電視冠軍的新革命啊。走羅力大師，謝謝您每次都提供這麼棒的點子。一個星期後，我們會做好周全的準備，等候各位大駕光臨。」

節目導播說完就興高采烈的跑走了。

於是，一個星期之後……

大胃王拉麵
大對決
終於來到「大胃王拉麵馬拉松大對決」的決戰日。
一個星期以來，由於節目在電視上不斷大肆宣傳，因此，會場上已經聚集了黑壓壓的觀眾。
這一次的比賽會場是在戶外耶。
而且天氣也很不錯，太好了。
熱鬧到爆了，簡直就像週末的西門町嘛——
是怎樣的比賽呢？
等一下就會說明啦！
本大爺已經澈底把胃清空了，所以今天絕對不會輸。不過呢，今天辣妹狐妞看起來更漂亮啦。
當然囉，今天可是決賽冠軍爭奪戰。不論服裝或化妝，都要力求完美。
而且，之前一起參加大胃王電視冠軍的戰友，也因為很掛心比賽結果，全部都跑來觀賽了。
連吃拉麵專用的胡椒都帶來了，我們鬥志滿滿。

到底節目導播以走羅力隨意發想出來的點子為基礎，將準備出一場什麼樣的大對決比賽呢？
各位，終於到了說明路線與規則的時間了。
世界首
馬
請連我的部分一起努力加油，一定要表現出好成績呵。
真想知道，今天到底哪一隊會拿到冠軍呢？
最關鍵的拉麵到底在哪裡呢？

這就是 大胃王拉麵馬拉松大對決的

規則與路線!!

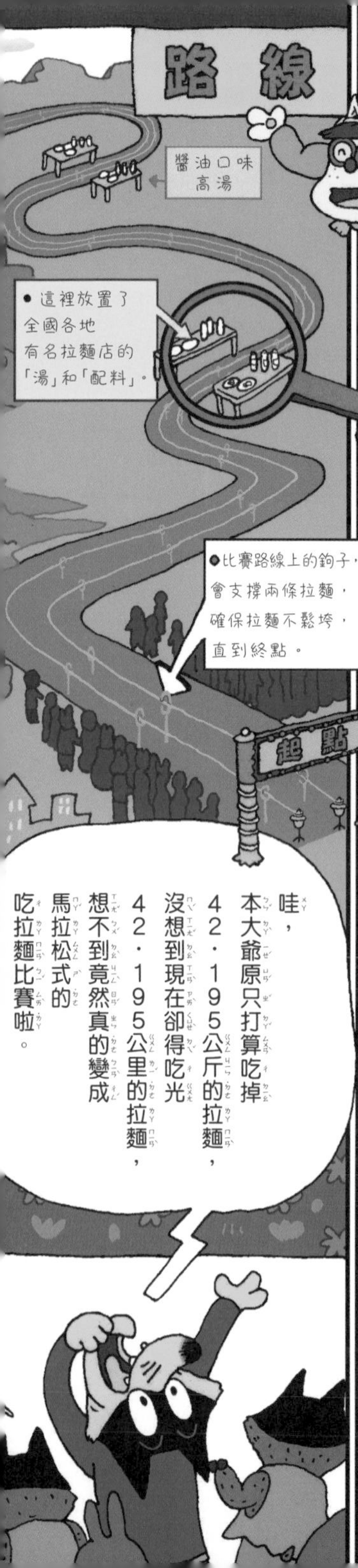
路線
醬油口味高湯
●這裡放置了全國各地有名拉麵店的「湯」和「配料」。
●比賽路線上的鉤子，會支撐兩條拉麵，確保拉麵不鬆垮，直到終點。
起點
哇，
本大爺原只打算吃掉
42．195公斤的拉麵，
沒想到現在卻得吃光
42．195公里的拉麵，
想不到竟然真的變成
馬拉松式的
吃拉麵比賽啦。

規則

●每隊的三位選手要合力吃掉長達 42.195 公里長的拉麵，最先抵達終點的隊伍獲勝。

●路途中的供水處，將會擺放湯和配料來取代水，這些也請全部吃光光。

☆賽道距離相隔每兩公里會立有一個像這樣的鉤柱，支撐拉麵，直到終點。感應器一感應選手接近鉤柱時，鉤柱就會倒下，所以不會妨礙選手往前跑。

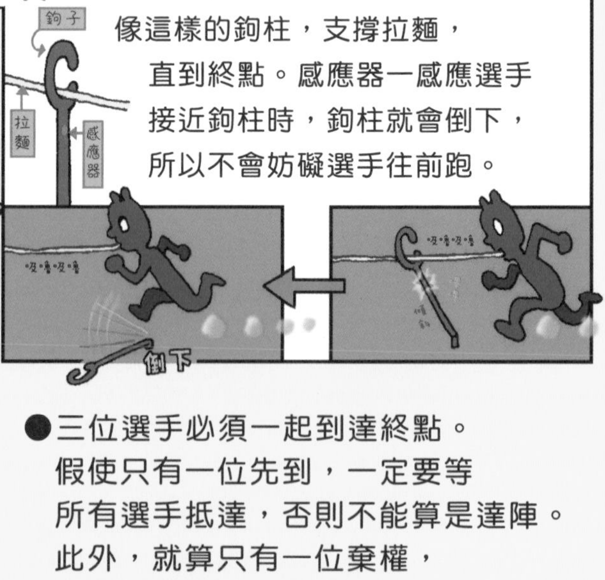
鉤子
拉麵
感應器
倒下

●三位選手必須一起到達終點。假使只有一位先到，一定要等所有選手抵達，否則不能算是達陣。此外，就算只有一位棄權，全隊便算輸了。所以，請以三人的團隊力量，競賽到最後關頭。

●可以用手去碰拉麵，但是如果讓麵掉落在地上，就失去比賽資格。
（因為這是電視節目，一旦有人吃了掉在地上的東西，會接到觀眾的抗議電話。）

或許還能賞鯨喔
10
公里處
沿海的路線
鹽味
蛤蠣湯
濃郁
豚骨湯
20
公里處
●強風吹襲處，
請特別小心！
●以吃麵包
競走的方式
吃掉叉燒肉
活水湖
30
公里處
豚骨醬油湯
美美花田
超越
心臟極限
的山丘
尖尖鋸齒山
●努力爬下
「超越心臟極限山丘」
之後，42.195 公里的
馬拉松終點，
就近在眼前。
終點
●麵條幾乎都吃光後，
要在這個陡峭的山丘，
爬上爬下，
就如同身在地獄一樣
痛苦。
蛤蠣
味噌湯
☆贊助廠商已經在終點，
準備好五年份的食物，
等待著選手們。
我們在旅途中不斷磨練，充分鍛鍊了腰力和腳力，這場比賽對我們很有利啊。
我有信心可以把拉麵吃光光，卻沒信心可以跑完全程。
只要我們三個人一起通力合作，一定不會有問題的。
這個路線看起來簡直像拉麵大胃王的雲霄飛車啊！
好的，兩隊都已經清楚規則和路線，比賽終於要正式開始了。

預備
砰！
☆槍聲一響，比賽開始。兩隊的選手都有個完美的起跑。首位吃麵選手，分別為走羅力隊長，和辣妹狐妞隊長。
☆他們要一邊跑，一邊持續吸麵，這不但需要體力，也需要足夠強的肺活量。
此外，為了不讓麵斷掉，或是掉落在地上，行進的時候，還得時時小心留意。
☆只吃麵很沒味道，沿途暫停的休息供水處桌上提供的湯，可以澆在麵上。
咕嘟
嚼嚼
嚼嚼
嚼嚼嚼
☆不管哪一隊都打算在一公里處隊友換手繼續吃下去……

☆如果只是慢慢的品嘗拉麵加湯的滋味，是無法獲勝的。
辣妹狐妞隊決定改變戰略，由一位選手吃麵，其他的選手手拿配料和湯，一邊跑，一邊吃，想辦法加快速度。

☆走羅力隊當然也不能認輸，他們立刻有樣學樣的緊追在後。
☆就這樣，有時走羅力隊領先，有時辣妹狐妞隊領先，戰況陷入膠著，終於，來到了十八公里處。這時，出事了！

突然吹來一陣強風，風一吹，兩隊的麵都啪一聲被吹斷了。
咻
咻
啪！
啪！
豚骨
辣妹狐妞隊的變色龍磨呂瞬間伸出長長的舌頭，捲住了斷掉的麵。
捲住
做得好！
慘了
然而，走羅力隊卻沒有順利的接住麵。

大風將麵
吹得飛向
附近的樹，
纏在樹枝上。
走羅力隊
他們連忙
爬上樹，
想快點把麵解開。
不過，
等他們終於順利
解開時，
辣妹狐妞隊的
三名選手，
早已經都
跑得不見蹤影。

「一定要快點下去，
好追上他們呀。」
他們三人心裡全都
急得不得了，
結果手一鬆，
麵掉了！

斷掉的麵

無情的往地面墜落。

「要是我剛才待在樹下等，

就好了。」

事到如今，

魯豬煮才自我反省，

已經太遲了。

在麵碰到地上的那一刻，

比賽結果就確定了。

不過，

嘿咿！

走羅力隊在這個關頭，

發揮了強大的團隊力量。

他們就像馬戲團的

空中飛人一樣，

一個抓住另一個的腳，

朝著麵落下的方向盪，

盪出一個空中飛躍！

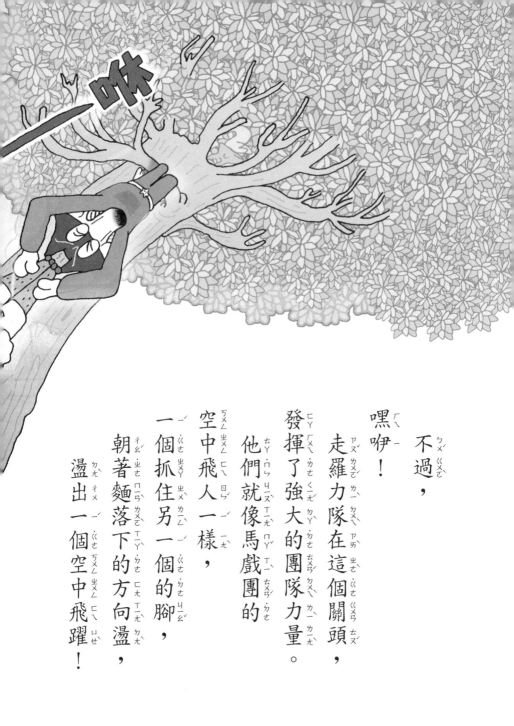

位在最前方的伊豬煮，
手臂像要撕裂似的
拚命往下伸長，
朝麵一
抓！
可惜失敗了！

不過，
伊豬煮立刻
用鼻子
吸住了麵。
「真有你的，
伊豬煮！
繼續這樣吸著麵，
我們去追
辣妹狐妞隊！」

「我們已經
把湯和配料
都吃光光了，
立刻追上去
給他們點顏色瞧瞧。」
走羅力這麼一說，
伊豬豬一跳上地面，
就以完美的吸力持續吸著麵，
全速往前跑。

然而，
不管伊豬煮怎麼跑，
再怎麼跑，
都始終看不到辣妹狐妞隊的背影。

走羅力和魯豬豬煮終於
追上伊豬豬煮，
三人一起聚在
「超越心臟極限山丘」的
山腳下。
不過，這裡已經是
馬拉松賽程中的
最後難關。
如果連在這裡都
看不到辣妹狐妞隊的身影，
他們很可能已經到達終點了。
走羅力他們嘆了一口氣，
抬頭往山丘上一看……

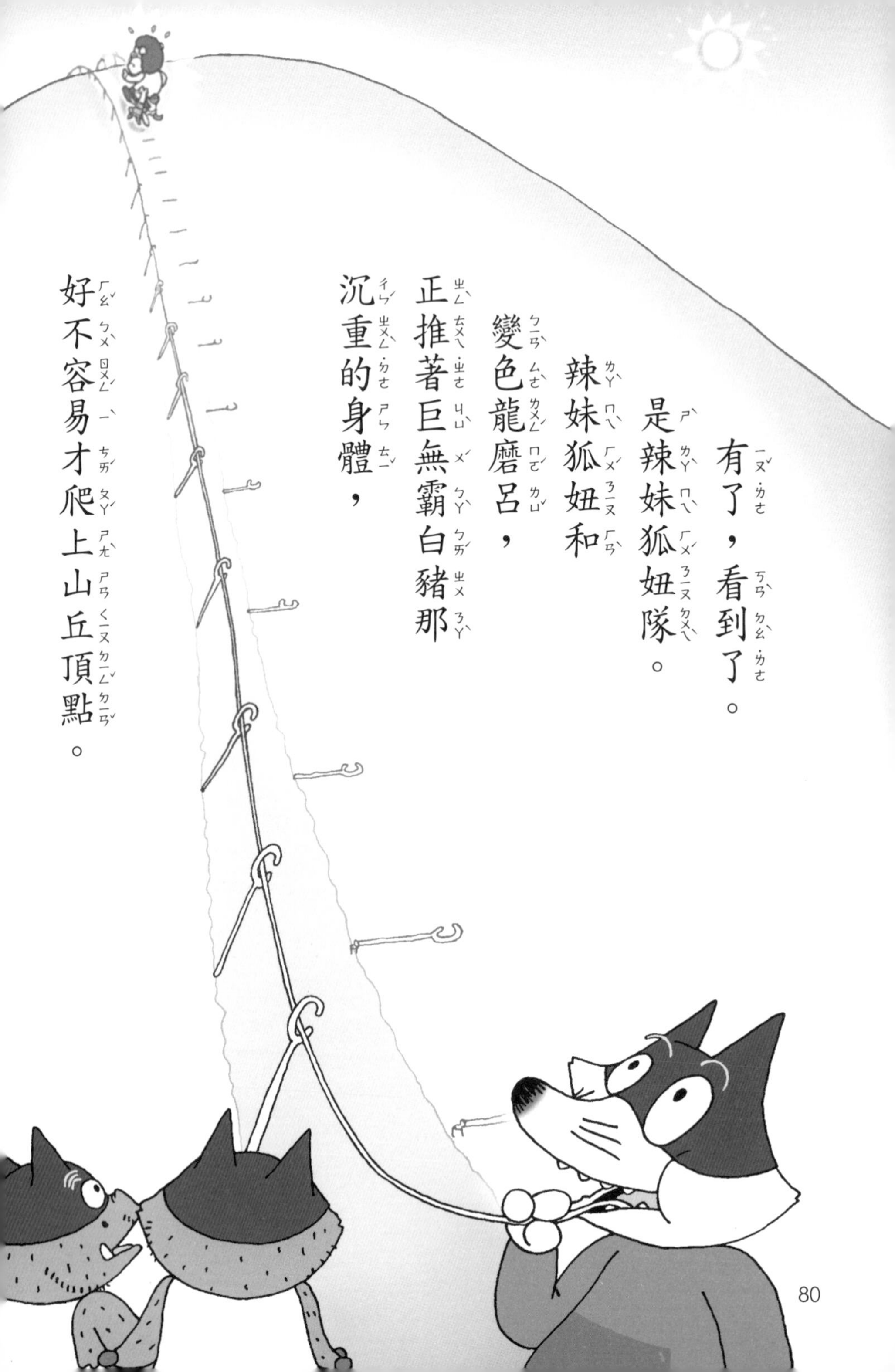

有了，看到了。

是辣妹狐妞隊。

辣妹狐妞和變色龍磨呂，正推著巨無霸白豬那沉重的身體，

好不容易才爬上山丘頂點。

「好！

我們要一舉贏過他們！」

走羅力看向伊豬豬、魯豬豬，他們也使勁點點頭，兩人一左一右夾住走羅力，抓住他的身體側邊。

「啟動囉！」

隨著走羅力的大喊聲，

噗啪　噗咻

伊豬煮、魯豬煮的屁屁引擎，帶著他們三人起飛，一起飛躍了「超越心臟極限山丘」！

啊啊，他們真狡猾。這樣做也行嗎？好，我們也不是省油的燈。

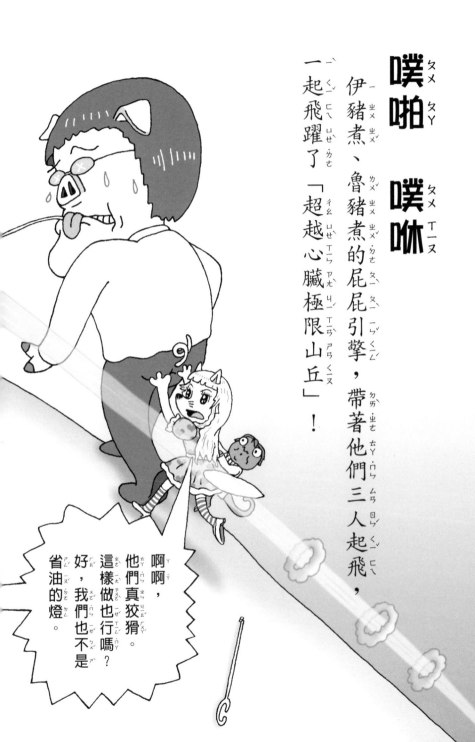

我們先飛啦——
這一次，我們的屁可算是發揮用處啦。
吸嚕 吸嚕 吸嚕
辣妹狐妞要巨無霸白豬直接把到終點之前的麵，全部統統吸光光。
這麼一來就全部都吃光了。再來只要抵達終點就行啦。
一吸到底
看起來就像在收吸塵器的電線。

接下來，辣妹狐妞要巨無霸白豬
背對終點站著，
然後與變色龍磨呂
兩人一起抓緊他。
「好，我們也要啟動了。」
辣妹狐妞將她帶來的
拉麵專用胡椒粉，
朝巨無霸白豬的鼻孔
拚命灑。

於是，

呵咯咯咯—咻

藉由這個強大的噴嚏，巨無霸白豬的身體像飛彈一樣噴射，朝著終點衝去。

走羅力將全部的麵吸進嘴裡，正打算以最自傲的尖翹鼻頭，碰斷終點線的紙帶。就在這時，

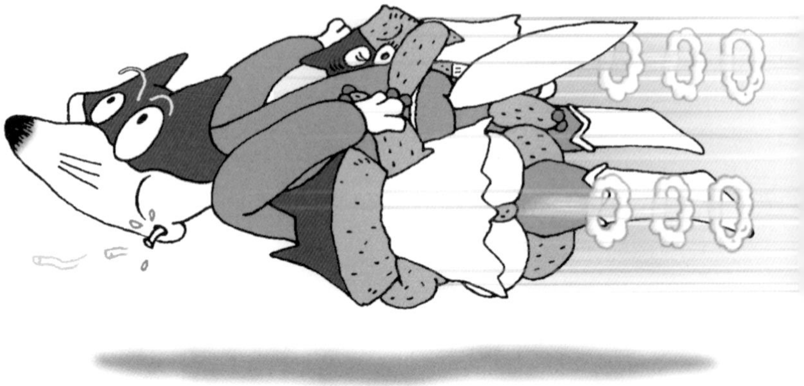

巨無霸白豬
衝飛過來，
而抓住他背部的
變色龍磨呂
伸出長長的舌頭，
先弄斷了終點線紙帶。
走羅力他們也因此沒辦法逆轉勝。
這時，節目導播跑到已經呆掉的
走羅力他們身邊，說道：

「恭喜走羅力隊獲得優勝。」

「嗄？為、為什麼呢？」

原本已經打算低頭認輸的走羅力，
露出莫名其妙的表情。

「來，請看。」

節目導播指著電視畫面，
播出巨無霸白豬的影像；
由於打噴嚏的緣故，
他的鼻子和嘴巴

都噴出了麵條。

「因為這樣，所以我們不能認定他們已經把麵吃光。」節目導播才剛剛宣布走羅力隊獲勝，這時，不知從哪裡傳來了一陣熟悉的聲音，喊著：

哇啊——恭喜恭喜。

來的人是噗嚕嚕糖果公司的董事長噗嚕嚕，以及他的員工摳噗嚕。

「咦？這個節目的贊助廠商難道是……」

佐羅力的臉上露出不安的表情。

「正如你所想的，就是我們。」

噗嚕嚕一副志得意滿的模樣。

「那麼，這些贈品不都肯定遜斃了嗎？」

走羅力一下子沒了勁。

佐羅力以前曾經因為噗嚕嚕董事長而吃足苦頭。想知道詳情的人，請閱讀《怪傑佐羅力之勇闖巧克力城》，以及《怪傑佐羅力之恐怖的賽車》。

「你在說什麼呀？狐狸先生。
這可是個全國觀眾都看得到的節目，
你要是做了什麼怪事，
可是會帶來反效果呵。
請看——
本公司確實已將最自傲的美味食品，
全都準備好在這裡了。」
噗嚕嚕董事長將繩子一拉，
後方的布幔被揭開來。

布幔後方，果然出現一座座商品小山。
噗嚕嚕與摳噗嚕一副拚勁十足的模樣……
噗嚕嚕食品　零嘴系列
噗嚕嚕巧克力
噗嚕嚕巧克力 692片
家喻戶曉的噗嚕嚕巧克力，首次結合各種香甜美味的零食，這是噗嚕嚕好吃零食嘉年華。
噗嚕嚕 冰品 17800個
噗嚕嚕 洋芋片 1300包
噗嚕嚕 巧克力球 300盒
噗嚕嚕牛奶糖 2000盒
噗嚕嚕軟糖 700包
哇喔！
噗嚕嚕飯糰 梅子・鮭魚・鮭魚卵 柴魚・明太子 各種口味 各200個
本公司的產品，全部都很好吃的唷！
噗嚕嚕香腸 990根
美式熱狗 370根
噗嚕嚕 煎蛋捲 1280捲
噗嚕嚕 炸蝦 2700隻
《大胃王拉麵馬拉松大對決》這個節目，再次由活躍於全世界的「噗嚕嚕糖果公司」以及「噗嚕嚕食品」，贊助播出。
沒錯。而且提供這些超級豪華商品的，就是噗嚕嚕、噗嚕嚕、噗嚕嚕食品。最大方也最慷慨的贊助商永遠都是噗嚕嚕、噗嚕嚕食品。
如果想去美術館，一定要去
噗嚕嚕一噗魯
全部贗品 美術館
館內僅僅收藏命名「」的假貨

像老太婆的裹腳布一樣，
又臭又長的廣告一結束，

「沒錯，這些全——部
都是你們的啦，
請什麼都不剩的
統統帶走。」

噗嚕嚕董事長
將冠軍腰帶和商品目錄，
全部交到走羅力他們手上。
走羅力隊一戴上冠軍腰帶，
現場響起如雷的掌聲，

節目順利的結束了。

噗嚕嚕董事長，確定電視攝影機已經不再拍攝後，便走到走羅力身邊說：

「嘿嘿，辛苦了，辛苦了。多虧你，本公司也好好做了一次宣傳，對於提升企業形象很有幫助。不過，我忘記告訴你一件事……」

哇！反應真是超熱烈。我得快點回電視台看看收視率如何。
拍手

因為全部食品的有效期限都只到今天為止，所以，請絕對要在今天以內吃完呵。
總而言之，言而總之，
本公司的食品最晚可吃下肚的期限，就是有效期限。
如果拖到明天才吃，因此肚子痛的話，我們可不負責呵。

走羅力他們的肚子已經很撐，撐到嘴裡的拉麵已經滿到幾乎都要噴出來的程度。
如果要馬上將這五年份的食物全吃光的話，

那可不只是懲罰遊戲，
而是一場酷刑了。
「這是詐騙，我要申訴！」
走羅力一提高聲音說道，

我希望你別去亂傳什麼詐欺之類的話。
我可是確確實實準備了
五年份可以吃的食物呵，
一件對不起良心的事都沒做。

噗嚕嚕董事長突然壓低聲音，
而且，

「如果
警察來了，
比較困擾的
應該是你們，不是嗎？
佐羅力先生。」
噗嚕嚕董事長
早就看穿了走羅力的真正身分
正是佐羅力。
找不到話來反駁的佐羅力
生氣了。
「才沒這回事呢！」
他將商品目錄丟回給噗嚕嚕。

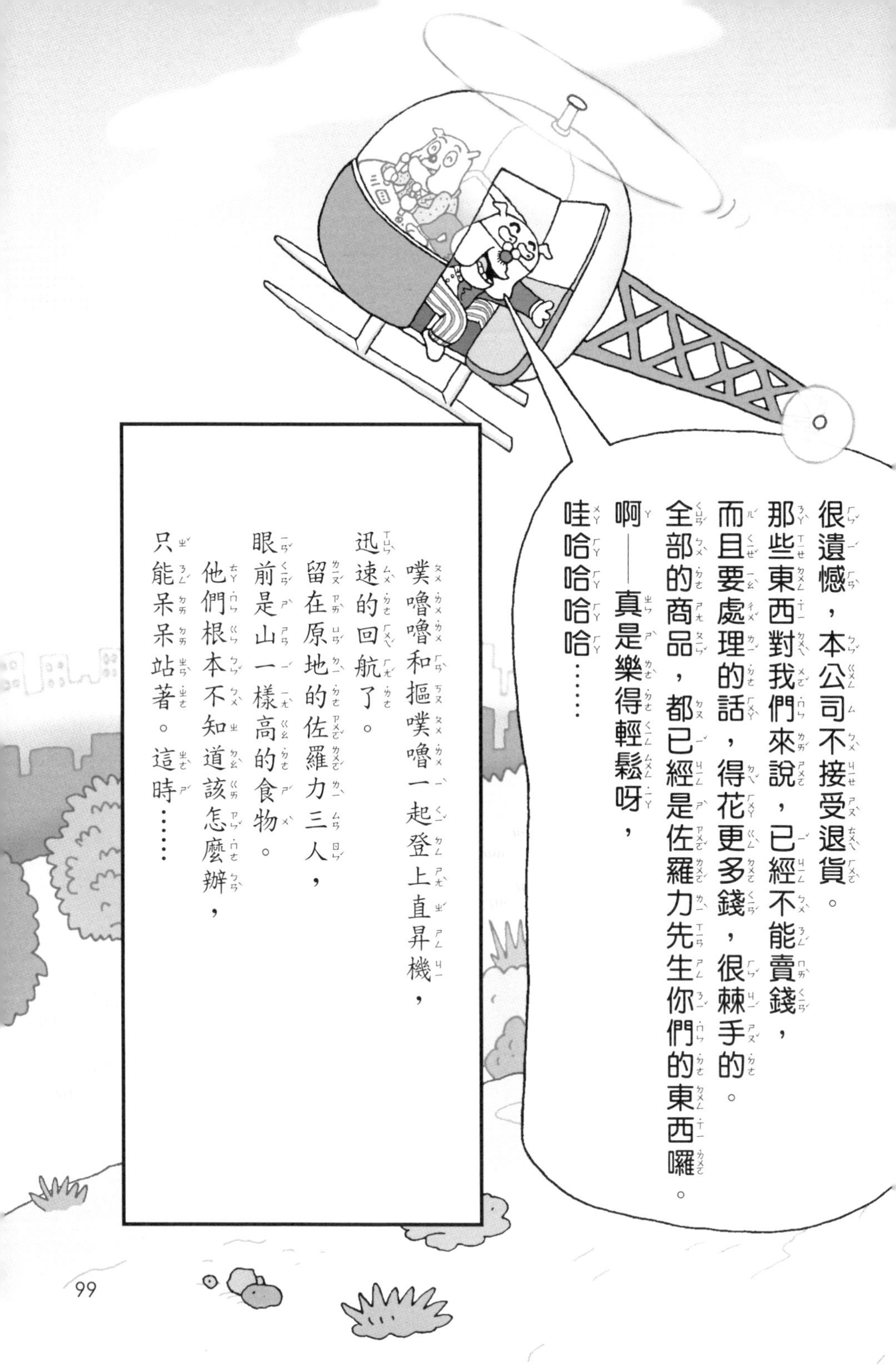
很遺憾，本公司不接受退貨。
那些東西對我們來說，已經不能賣錢，
而且要處理的話，得花更多錢，很棘手的。
全部的商品，都已經是佐羅力先生你們的東西囉。
啊——真是樂得輕鬆呀，
哇哈哈哈哈……

噗嚕嚕和摳噗嚕一起登上直昇機，
迅速的回航了。

留在原地的佐羅力三人，
眼前是山一樣高的食物。
他們根本不知道該怎麼辦，
只能呆呆站著。這時……

大家全都聽到了，看來你們很苦惱。這些食物就交給我們吧！一定在今天之內，統統吃光光。

以辣妹狐妞為首，之前一起參加過大胃王電視冠軍爭奪賽的選手們都來了。

「全部耶……這裡的食物有五年份呵，沒辦法啦，沒辦法啦。」

伊豬豬吃驚的說。

不過，巨無霸白豬卻回答道：

「哼，這個噗嚕嚕也太小氣了吧。」

這麼少的份量，只夠普通人吃五年吧？對我們來說，這根本就不到一年份的量。」

他這麼一說，每一位大胃王聽了都用力點頭。

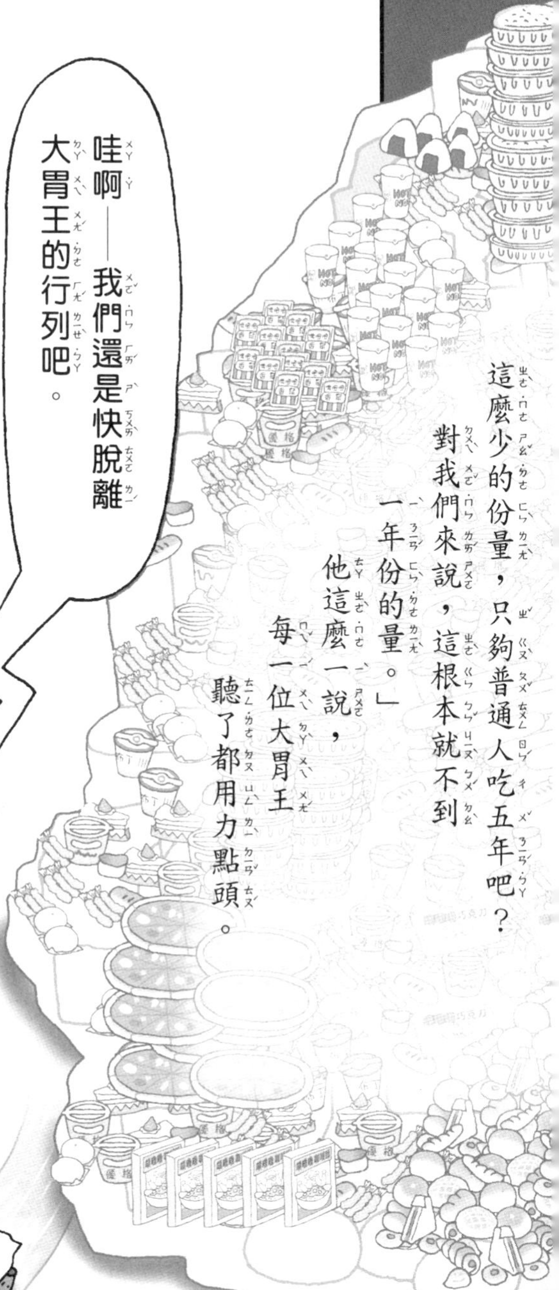

哇啊——我們還是快脫離大胃王的行列吧。

深感佩服的佐羅力三人，將冠軍腰帶和商品統統留下，晃動著沉重的身軀，逃命似的從那堆食物山邊消失了。

滿肚子肥油的佐羅力，這回沒辦法以「怪傑佐羅力」的身分到處活躍，所以，就讓他這樣子來跟讀者交流交流吧。
嘿嘿，佐羅力大師、佐羅力大師，我覺得呀，那個辣妹狐妞，應該是喜歡上你了耶。
嗯，就算真的是這樣，本大爺一想到她那驚人的食量，
○儘管噗嚕嚕都說有效期限已到，伊豬豬還是覺得不帶可惜，因此拿走熱呼呼新款杯麵和噗嚕嚕咖哩飯各三份。他肯定會拉肚子，也可能因此有助於減肥吧。
那位節目導播因為電視節目的收視率飆高，看起來很開心呵。這些也全——部都是佐羅力大師您的功勞呀。

吃起東西來那麼恐怖，就沒有自信能夠不被她吃垮。
而且，
你看，我現在整個人肥成這樣，要是再不認真減肥，本大爺的粉絲會不斷減少的，這實在太可怕了！
佐羅力大師的靈感就像用倒的，我相信您一定可以成為最厲害的電視節目導播唷。
各位讀者，本大爺決定馬上開始減肥，好讓大家早日重新看到我酷帥的模樣，敬請期待！

●作者簡介

原裕 Yutaka Hara

一九五三年出生於日本熊本縣，一九七四年獲得KFS創作比賽「講談社兒童圖書獎」，主要作品有《小小的森林》、《手套火箭的宇宙探險》、《寶貝木屐》、《小噗出門買東西》、《我也能變得和爸爸一樣嗎？》、【輕飄飄的巧克力島】系列、【膽小的鬼怪】系列、【菠菜人】系列、【怪傑佐羅力】系列、【鬼怪尤太】系列、【魔法的禮物】系列等。

●譯者簡介

周姚萍

兒童文學創作者、譯者。著有《我的名字叫希望》、《山城之夏》、《妖精老屋》、《魔法豬鼻子》等作品。譯有《大頭妹》、《四個第一次》、《班上養了一頭牛》、《那記憶中如神話般的時光》等書籍。曾獲「文化部金鼎獎優良圖書推薦獎」、「聯合報讀書人最佳童書獎」、「幼獅青少年文學獎」、「國立編譯館優良漫畫編寫」、「九歌年度童話獎」、「好書大家讀年度好書」、「小綠芽獎」等獎項。

❷

●將說明卡以及封面以外的
六張卡，沿著彩色頁藍色線
對折成山型。

●將封面對折，放在整疊內頁的
最外側，其他內頁則依照
頁碼順序重疊放在一起。

❸

●最後，在12頁、13頁的
中折線上下兩個地方，
用釘書機分別釘上釘書針，
就完成了。

沿此線剪下

沿此線對折

餐餐只吃肉，
身體無福消受。

不如自己的
狗窩。

電話電話
來電通話。
21

海獅腳
不怕溼腳。
4

無肉
令人瘦，
吃菜
吃不飽。
餓
23

乾杯乾杯！
杯底不可養金魚。

哥哥霸占電視
好鴨霸！
17

看我揮竿
釣鱒魚！
8

我是牛牛，
牛牛吃草
不吃牛。
不是這樣吧！
嗚
嘻
嘻
19

蒟蒻蒟蒻
嚼到嘴痠還不爛。
嚼
嚼
嚼

管他是菜還是草
好吃就好。
紫蘇
13

香草菜園
是種菜還是種草？
薄荷
12

木屐拖鞋
沒穿好就脫鞋啦！
15

騎士再不來，
死期就到了！

冷笑話
大全
2
真的
這本書

冷笑話大全①附錄在《怪傑佐羅力之地獄旅行》這本書當中唷。
特別附錄
〈製作方法〉
沿紅線剪下
沿藍線對折
1
沿著紅線用剪刀剪開
請翻到背面繼續

要我啃排骨，小心我不吐骨頭吐假牙？
22
汽水喝到飽，一肚子氣飽。
3
剉冰咬咬，牙齒痛痛；冰棒舔舔，舌頭涼涼。
24
抗議！文字燒裡沒有文字。
犀牛不是牛，但我保證食量大如牛！
18
火山辛辣料理
吼
吃了就噴火！
7
手機手機人手一機。
20
打蛇打七寸不打頭。
天外飛來一木屐，難道是飛「機」？
14
啾咪公主喊救命！
救命啊
11
看！我學了好手藝。
手藝好好呵！
16
看我張口吃鱒魚！